눈부신 사랑

김승환 지음

눈부신 사랑

1판 1쇄 : 인쇄 2022년 06월 20일
1판 1쇄 : 발행 2022년 06월 25일

지은이 : 김승환
펴낸이 : 서동영
펴낸곳 : 서영출판사

출판등록 : 2010년 11월 26일 제 (25100-2010-000011호)
주소 : 서울특별시 마포구 월드컵로 31길 62
전화 : 02-338-0117 팩스 : 02-338-7160
이메일 : sdy5608@hanmail.net

디자인 : 이원경

ⓒ2022 김승환 seo young printed in seoul korea
ISBN 979-11-92055-15-2 03810

오늘의 디카시선집 02

눈부신 사랑

김승환 지음

2022·서영

김승환 시인의 디카시집 출간을 축하하며

　김승환 시인은 전남 나주 금성산 줄기의 병풍산 자락에서 4남 2녀 중 맏아들로 태어났다. 아버지는 일본 유학을 다녀온 뒤 교직에 몸을 담았다. 하지만, 아버지가 직장을 일찍 그만두는 바람에, 그는 시오리길을 걸어서 국민학교에 다녀야 했다.

　고향 인근의 중학교를 마친 그는 장학금 혜택을 받고 고등학교에 진학하여 줄곧 우수한 성적을 유지했다. 한때 문예 창작을 하여, 6.25기념 작품 공모전에서 수상하기도 했다.

　고등학교를 졸업하자마자, 특채로 입사한 호남비료에서 사회생활을 시작했다. 이후 35개월 군복무를 마쳤다. 1일 3교대를 해야 하는 직장 생활의 악조건 속에서도 통신대학교 과정을 모두 마쳤고, 조선대학교 경영학과에 편입하여 학업을 이어가는 열정을 보였다.

　대학 졸업 후 그동안 근무했던 호남비료를 퇴사하고, 대졸자 자격으로 농협에 입사하여, 이후 30여 년간 근무했다. 농협 여수시지부, 농협 중앙회 본부 조사부, 농협 양주군지부,

다시 본부 회원지원부, 농협 충남지역본부, 다시 본부 기획실, 농협 신목포지점, 농협 완도군지부, 다시 본부 검사부 감사실, 농협 동두천시지부, 그리고 농협 파주시 지부장 등을 역임하다가, 퇴임했다. 직장 생활을 하면서도 학업에 대한 열정의 끈을 놓지 않고 성균관대 경영대학원에 진학하여 졸업했고, 서강대 경영대학원을 수료하기도 했다.

직장 생활에서 은퇴한 후, 서울에 있는 한 문화원 수필 창작반에서 문장 훈련을 했다. 2006년 월간 [순수문학]지에 수필 부문 신인문학상 수상, 계간 [문학춘추]지에 시 부문 신인문학상 수상으로 문단에 데뷔했다.

귀향 후에는 고향인 나주 목하 마을에서 이장으로 봉사하기도 했다.

한때 나주향교에서 전통사상이나 예절 강의, 숭조사상 고취를 위해 중요한 역할을 했으며, 유기농 기능사로서 영농 정착을 위한 귀농인 교육 등에 몸을 담기도 했다.

그러면서도, 나주문인협회에 가입하여 글쓰기의 끈을 이어갔으며, 회장에 당선되어 협회를 이끌기도 했다.

이후 문학 활동에 대한 관심이 높아져 적극적인 참여를 했으며, 최근에는 한실문예창작 문학 강좌(지도 교수 박덕은)를 통해 디카시에 대한 열정과 사랑을 쏟아붓게 되었다.

그는 나주문인협회 회장, 국제펜 한국본부 이사를 역임했으며, 현재 국제펜 광주지역위원회 부회장, 한국문인협회 문인탄생 100주년기념위원, 전남문인협회 감사, 전남시인협회 이사, 광주문인협회 회원, 한실문예창작 회원, 방그레 문학회 회장, 문학춘추 작가회 회원, 서은 문학회 회원, 나주 예총 수석부회장 등으로 활약하고 있다.

수상으로는, 농림부 장관상 표창, 전남예총회장상, 전남 문학상, 국제펜 광주문학상, [문학공간] 디카시 문학상 대상, 한국예총예술문화공로상, 나주예술문화대상 등이 있으며, 저서로는 수필집 [수석과의 대화], 시집 [추억의 목사골 시장]이 있고, 시비로는 [오정리 연가]가 있다.

자, 그러면 지금부터 김승환 시인의 디카시 작품 세계로 산책을 떠나보자.

마음의 질문

과거에서 현재까지 어떻게 왔지?

또 미래는 어떻게 가지?

참 흥미롭고 궁금해.

한 편의 시는 끈질긴 질문에서 시작한다. 세상이 들려주지 않는 내밀한 목소리에 귀기울이며 부지불식간에 스쳐 지나간 의미 방울을 낚아채야 한다. 그러면서도 사색의 여백으로 확장되는 물음들을 지속적으로 던져야 한다. 그곳에서 새로운 의미를 캐내는 과정을 통해서 한 편의 시가 탄생한다.

'마음의 질문'이라는 디카시도 그런 질문에서 시작되고 있다. 시적 화자는 체험 학습을 나온 듯한 사진 속 학생들과 함께하면서 질문을 던진다. 아마 중고등학생들인 듯하다. 그들이 궁금해 하는 건 뭘까. 과거? 현재? 미래? 과거에서 온 길, 또 미래로 가는 길, 모두 다 궁금하고, 흥미로운가 보다.

시적 화자도 시간을 더듬더듬 되짚어가며 '과거에서 현재까지 어떻게 왔지?' 자신에게 질문을 던진다. 여기까지 오는 동안 마음이 머문 집에서 삶을 지탱해 준 기둥은 굳건했는지, 관계성이라는 문은 튼실했는지 스스로에게 묻는다. 시적 화자도 어느 한때 색이 바래 오래된 벽지처럼 누렇게 뜬 시절이 있었을 것이다. 그 시절을 잘 견뎌낸 자신이 대견했을 것이다. 아픔 속에서도 의연하게 살아남았기에 시적 화자는 다시 '미래는 어떻게 가지'라는 질문을 던진다.

미래를 선택할 수 있는 현재는 그 자체만으로도 가치가 있다. 남은 인생이라는 벽면의 벽지를 무슨 색으로 꾸밀지 희망에 차 있기 때문이다. 그만큼 잘 살아온 시적 화자에게 박수를 보낸다. 시와 사진 속 학생들의 뒷모습에서 궁금증을

김승환 시인의 디카시집 출간을 축하하며

안고 있는 신선함이 느껴지고, 활기가 넘쳐 보인다. 학업에 대한 열정, 자아에 대한 궁금증 등의 분위기를 디카시라는 그릇에 옮겨 담는 데 성공하고 있다.

희망

비바람 눈보라 견딘
두터운 갑옷
기어이 뚫고 일어선
세상의 빛.

이 디카시에서 시적 화자는 나무 껍데기를 비바람과 눈보라를 견딘 두터운 갑옷으로 해석하고 있다. 또, 그 갑옷을 기어이 뚫고 나온 저 은행나무 새순을 세상의 빛으로 받아들이고 있다. 이러한 해석과 수용이 이 디카시의 생명력을 한층 드높여 주고 있다.

건강한 서정(抒情)이 스며든 시는 생동감이 넘친다. 제한

되고 단절된 의식 체계를 회복시킬 수 있는 힘이 있어서다. 희망이라는 두 글자만으로도 충분히 삶의 골격은 단단해진 느낌이 든다. 그 단단한 골격이 연둣빛 은행잎으로 치환된 사진이 이 디카시를 뒷받침하고 있어 더욱 멋지다.

시적 화자는 절망하는 누군가에게 속삭이는 듯하다. '기어이 뚫고 일어선/ 세상의 빛' 그 연둣빛 새순 같은 눈빛이 있는 한 우리는 일어설 수 있다고. 수겹의 비바람이 불어오고 수척의 눈보라가 바다를 건너와도 우리는 연둣빛처럼 다시 시작할 수 있다고. 디카시를 통해, 이처럼 인간의 감성에 밝은 빛을 심어놓을 수만 있다면 얼마나 좋을까.

질곡의 길
고난 짊어진 인생
끝끝내 포기하지 않고
사계절 푸른 꿈 펼친다.

이 디카시에서 시적 화자는 수령이 400년이나 된 노송의 굽은 몸에 눈길을 고정하고 있다. 정말 힘들게 자란 그 과정이 한눈에 보이는 듯하다. 고난을 짊어지고 역경의 길을 걸어온 그 긴 세월이 느껴져 눈물겹다. 끝끝내 포기하지 않고 사시사철 푸른 이파리 달고 꿈을 펼쳐 나가는 인생길과 오버랩되어 더욱 감동으로 다가온다. 400년을 살아내면서 저 노송은 땡볕의 따가움을 온몸으로 받아들이고 물어뜯는 태풍에게 찢기면서도 마음을 내려놓고 또 내려놓았을 것이다. 얼마나 내려놓았으면 허리가 휘어 부축임까지 받을까. 저 휜 허리에 가뭄과 홍수가 들이차 숨이 차올랐을 것이다.

그 지난한 노송의 삶을 시인은 질곡의 길이라 명명하면서 공감하고 위로받고 의지한다. '끝끝내 포기하지 않고/ 사계절 푸른 꿈'을 자식들이 펼칠 수 있도록 뒷바라지해 준 부모님이 떠오른다.

병든 노모의 뒷모습 같기도 한 저 노송의 휜 허리가 눈시울을 적시게 한다. 머리맡에 틀니가 놓여 있고 앙상한 두 팔에 링거를 꽂고 있는 그 모습이 아른거려 아프다. 그 노송 앞에서 어느 누가 삶이 힘들다고 하소연을 하랴.

눈부신 사랑

옹기종기 살아가는 삶
거기
고요한 밤에도 웃음꽃 핀다.

이 디카시에서 시적 화자는 흐드러지게 피어 있는 철쭉을 바라보며, 사랑을 떠올린다. 심지어 모두 잠든 고요한 밤에도 웃음꽃을 피우고 서 있는 철쭉, 그 앞에서 부러운 눈길을 보낸다. 한 이불 덮고 자는 부부라고 해서 모두 다 옹기종기 사는 것은 아니다. 등을 돌리고 잠든 배우자의 고단한 숨소리에 마음 아파할 줄 알아야 옹기종기 사는 삶일 것이다. 꽃망울 터지듯 환하게 웃음 짓는 이야기에 살을 부빌 줄 알아야 저 철쭉처럼 눈부신 사랑을 한다고 말할 수 있을 것이다.

시적 화자는 '거기/ 고요한 밤에도 웃음꽃 핀다'며 철쭉처럼 눈부신 사랑을 하자고 말한다. 과연 우리네 삶도 그럴 수 있을까. 옹기종기 살아간다면 가능할지도 모른다.

김승환 시인의 디카시집 출간을 축하하며

사진 속 철쭉의 붉음과 초록의 조화가 다정한 부부처럼 느껴진다. 저 철쭉의 잎과 꽃처럼 서로에게 기대며 옹기종기 살아가면 되는 것을. 혼자 떨어져 혼자 가는 삶이 아니라, 저리 함께하는 삶, 옹기종기 마음 나누고 가슴 터놓고 지낸다면, 아마 낮에도 밤에도 웃음꽃 피우며 살아갈 수 있지 않을까, 그런 메시지를 보내고 있다.

슬픈 사랑

돌담 넘은 연정
달빛에 젖을 적마다
밤새 잠 못 이루는 그리움
아침 지붕에 붉게 앉았다.

이 디카시에서 시적 화자는 담 넘어온 능소화를 바라보며, 님에 대한 애틋한 마음을 드러내고 있다. 수많은 밤을 잠 못 이루며 그리워하는 마음을 그려놓고 있다. 밤을 지새우다 맞이한 새벽, 그리고 아침, 저리 붉게 앉아 있는 능소화와 시적 화자가 한몸이다.

능소화는 황적(黃赤)의 귀를 열어 놓고 무슨 소리를 듣고 싶었던 걸까. 그리운 이의 발자국 소리를 듣고 싶었던 걸까. 한 생애를 다해 여기까지 온 연정이 못내 안타까워 담장은 자신의 모든 것을 능소화에게 내주었던 걸까. 울컥, 가슴이 아려온다. 그리움의 길은 외롭고 고되어 눈물겹다. 사랑으로 뜨거웠던 꽃시절이 지나가면 서릿발처럼 추운 외로움이 밀려든다. 그 추운 능소화의 기다림에게 곁을 내준 여름날의 담장이 고맙다. 능소화를 통해 애끓는 마음속 사랑, 보고픔, 그리움이 느껴져, 독자도 같이 마음 아파한다.

옛정
질박한 미소 대대로 이어지고
구수한 손맛
봄향기의 가슴속에 피어난다.

김승환 시인의 디카시집 출간을 축하하며

이 디카시에서의 시적 화자는 여러 질그릇이 모여 있는 뜨락에 시선을 보내고 있다. 크고 작은 항아리들이 정겹다. 한때 저 항아리는 날것들의 이름을 끌어안고 낮과 밤이 고여 침묵으로 찰랑거릴 때까지 묵묵히 기다렸을 것이다. 거칠고 날 선 이름 위로 굵은 소금을 켜켜이 뿌려 주며 끝없는 기다림을 이어갔을 것이다. 그런 오랜 기다림 끝에 질박한 맛이 만들어졌을 것이다. 항아리의 그 깊은 말씀이 배인 어머니의 손맛을 맛보며 자식들은 반듯하게 자랐을 것이다.

사진 속 큰 항아리는 작은 항아리들에 의해 둘러싸여 있다. 마치 어머니 곁에 모여든 자식들 같다. 한 항아리는 머리에 인 듯 위로 올라가 있다. 마치 손주 같다. 둥그렇게 앉아 있는 모습이 화기애애한 가족 같아, 보기 좋다. 그때 그 시절이 빚어낸 옛정이 시적 화자의 가슴속에서 봄향기로 피어난다.

보름달이 떠오른 날 장독대에서 달빛 찰랑거리는 노란 알을 품고 있었던 그 항아리가, 그 옛정이 문득 그립다. 질박한 미소가 흐르는 항아리에서 독자들도 옛정에 촉촉이 젖게 된다.

여정

한 발 한 발 조심스레 디디며
안개 속 고단한 세월
고독의 강 건넌다.

　이 디카시에서의 시적 화자는 상당히 폭 넓은 강을 가로
지르는 징검다리를 건너고 있다. 한 발 한 발 조심스레 내디
디며 걷는다. 징검다리의 끝이 아스라이 멀어 보인다. 마치
안개 속 고단한 세월을 건너는 기분이 든다. 어쩜 그 강은 고
독의 강이었는지 모른다. 좌절과 절망이라는 홍수로 강물
이 범람해 징검다리조차 어디에 있는지 가늠할 수 없을 때
에도 거센 물살 헤치며 저 세월의 강을 건너야 한다. 그것
이 인생이다.
　슬픔이라는 거센 물살에 휩쓸려 강물에 빠지더라도 무릎

김승환 시인의 디카시집 출간을 축하하며

바들바들 떨면서 다시 징검다리를 밟고 건너야 한다. 발목을 팽팽하게 잡아당기는 물살을 이겨내며 건너야 한다. 강물의 치맛귀에 감겨 허우적거리더라도 다시 일어나 건너야 한다.

인생을 다시 한 번 뒤돌아보게 해주는 디카시, 그 속에서 쓸쓸히 살아가는 현대인을 만나게 된다. 힘들고 고단한 삶, 홀로서기를 해야 하는 노년의 삶도 엿보인다. 쓸쓸하지만, 이 또한 견뎌내야 하는 삶의 일부이다. 그 고독한 세계가 담겨 있는 디카시가 독자의 마음을 울리고 있다.

혈연의 정
수백 년 모진 풍상 굳건히 견디며
키운 뿌리 사랑 옹골지게 성장하니
이보다 더 큰 복이 또 어디 있을꼬.

이 디카시에서의 시적 화자는 성균관 뜨락에 서 있는 수백 년 된 은행나무를 예찬하고 있다.

수많은 세월 동안 모진 풍상에도 굳건히 견뎌내며 키운 뿌리, 옹골지게 성장한 저 우람한 나무 줄기, 몹시 자랑스럽다. 자식 같은 줄기들이 모두 튼실하게 성장해 있다. 이보다 더 큰 복이 이 세상에는 없을 듯하다.

땅속에 자리잡아 보이지 않는 저 뿌리는 자식들의 뿌리와 같은 부모일 것이다. 부모는 자식들이 굵은 줄기처럼 세상의 바람에 맞서 터 잡아갈 때 흐뭇했을 것이다. 그러면서도 발달 장애 같은 가느다란 줄기의 몸으로 힘들게 살아가는 막내가 눈에 밟혔을 것이다. 그 막내가 힘겹게 앞으로 나아가며 잎사귀와 꽃이라는 눈부신 내일을 열 때 부모는 얼마나 행복했을까.

연둣빛의 음표들이 막내의 입술에서 찰랑거릴 때, 부모는 감동의 눈물을 흘렸을 것이다. 은행나무를 소재로 인간사의 큰 복을 떠올리게 해주어, 많은 생각을 하게 된다. 마음이 숙연해진다.

김승환 시인의 디카시집 출간을 축하하며

격려

남몰래 가슴에 품은 멍에
세차게 바람이 불어오면
더 강하게 살라는 저 외침 소리.

월간지 [문학공간] 디카시 문학상 대상 수상작인 이 디카시에서의 시적 화자는 어느 절에 매달려 있는 풍경을 바라보며, 그 풍경 소리에 귀기울이고 있다.

마치 남몰래 가슴에 품은 멍에가 세찬 바람이 불 때 뭐라고 외치고 있는 듯하다. 허공에 낚인 저 놋쇠물고기는 파도 소리 그리울 때마다 추녀끝에서 댕그랑 댕그랑 울었을 것이다. 바다를 가슴에 품고 그리움이 짙어갈수록 놋쇠비늘 반짝이며 댕그랑 댕그랑 울었을 것이다. 그 그리움의 외침 소리가 수평선에 가 닿을 때까지 스스로를 다그치고 격려하며 또다시 댕그랑 댕그랑 울었을 것이다. 더 강하게 살라. 이렇게 외치며, 놋쇠물고기로 하여금 강한 의지를 다지게 하고 있다. 시련이 깊을수록, 좌절하지 않고 포기하지 않고, 다시

일어나 도전을 하라는 메시지를 전하고 있다. 풍경 소리의
외침까지 포착한 시적 화자의 눈길과 마음이 경외스럽다.

그때 그 시절

허기진 배 움켜쥔 까까머리
후미진 산모퉁이 둘러앉아
호호 풋보리 구워 먹던 우정
그 추억이 새록새록.

    이 디카시에서의 시적 화자는 들녘을 지나다 만난 보리밭
에서 소년 시절을 회상하고 있다.
    청록빛이 밤낮없이 퍼지는 보리밭에서 까까머리 친구들
은 재잘재잘거리며 배고픈 봄을 이겨냈을 것이다. 누구는
보리피리 불고 누구는 깔깔거리고 누구는 풋보리를 구우며
오월의 보리밭 한 권을 낭독했을 것이다. 눈을 감으면 필리
리 필리리 보리밭을 읽는 소리가 낭랑하고 구수하게 익어

갔을 것이다.

늘 배가 고팠던 까까머리 소년들, 후미진 산모롱이에 둘러 앉아 풋보리 구워 먹던 추억, 그러면서 익어 간 우정, 그리운 친구들이 떠올라 울컥하게 한다. 그 추억이 새록새록 가슴을 적시자, 독자들도 각자 옛 시절로 돌아가 추억에 잠기게 된다. 디카시가 갖는 매력 중 하나가 이처럼 사진 속 정경을 보며, 함께 추억의 파노라마를 체험할 수 있다는 것이다. 앞으로도 디카시는 오래도록 사랑받을 자격이 있다.

희망의 불꽃

어둠의 적막 물리치고

천지 울리는

일출의 환호 소리.

이 디카시에서의 시적 화자는 일출을 바라보며 사색에 잠긴다.

아침 해는 파도 소리에 밤의 살을 씻고 붉은 섬처럼 솟아오른다. 지난밤을 둘둘 말아 웅크린 아침 해는 한달음에 달려오느라 두 볼이 불그레하다. 그 불그레한 볼처럼 희망도 수줍게 떠오른다.

일출처럼 솟아오르는 희망은 절망의 밤하늘에 쏘아 올린 불꽃 같은 것. 이제 아픔과 어둠으로 주눅 든 일상은 희망의 불꽃이 활짝 피어날 공간이 된다. 시적 화자는 일출을 어둠의 적막 물리치고 올라오는 소리, 천지 울리며 내지르는 환호 소리라 여긴다.

아무리 어두운 세상이라도, 아무리 짙은 적막이라도 천지 울리며 다가오는 일출을 막을 수는 없다. 이 세상 어디에도 희망과 진리의 빛을 막을 어둠과 악은 없다. 이 평범한 진리를 인류와 역사가 똑바로 인지해야 할 것이다. 그래야 더 이상 악행, 독재, 전쟁, 살인이 없을 테니까.

김승환 시인의 디카시집 출간을 축하하며

광명

빛 찾아 긴 어둠 뚫고 나와
머리 숙여 감사 인사한다
님의 풀피리 소리 듣고파.

　이 디카시에서의 시적 화자는 이제 막 올라온 고사리 새순
을 관찰하고 있다.
　봄은 어떻게 알고 고사리가 고개 내미는 그곳에 햇살 곳
간을 지었을까. 그 곳간에서 햇살 퇴비를 꺼내 고사리가 잘
자랄 수 있도록 뿌려 주었을까. 봄바람 어린 손으로 흙을 어
루만지면 고사리 새순은 기분이 좋아 까르륵 고개를 내민
다. 어둠 뚫고 나오도록 도와준 봄에게 감사의 인사를 한다.
　감사는 우리의 일상을 행복하게 하는 첫 단추와 같다. 그
첫 단추를 잘못 채우면 일상은 불평과 불만으로 물들어 불
행해진다. 감사하는 마음이 환한 빛처럼 반짝이는 하루를
만든다고 시적 화자는 에둘러 말하고 있다.
　그동안 땅속 어둠에 갇혀 있다가 빛 찾아 올라온 고사리

새순, 얼마나 행복했으면, 저리 고개 숙여 감사 인사를 올리겠는가. 허나, 시적 화자는 감사에만 머무르지 않고 그리운 이의 목소리를 듣고 싶어한다. 님이 부르는 풀피리 소리를 듣고 싶어한다. 사랑으로 하나될 때만이 인생의 진정한 광명이 시작되는 거라고 말하고 있다.

　감사와 사랑에 대한 시적 화자의 시선과 사색이 돋보이는 대목이다. 님의 풀피리 소리 윤기 나게 흐르고, 행복한 나날이 지속되길 빌어 본다.

의지

벼락 맞아 깊이 패인 상흔
이대로 좌절해서는 안 돼
강인한 생존력 버팀목 삼아
연초록 꿈의 나래 펼쳐야 해.

이 디카시에서의 시적 화자는 벼락 맞은 나무에게 시선을 두고 있다.

벼락 맞아 나무의 중심이 사라졌을 때 나무는 눈물을 흘릴 눈도 소리 내어 울 입술도 지워졌을 것이다. 벼락이라는 날카로운 칼끝이 나무의 심장을 겨냥했을 때 얼마나 무서웠을까. 그 두렵고 서러운 계절을 나무는 어떻게 견디었을까. 역경의 길 한가운데서 깊이 패인 상흔으로 고통스러울지라도, 결코 좌절하지 않고 일어선 나무. 생을 일으켜 세운 유일한 무기는 바로 강인한 의지였다.

이걸 버팀목 삼아 연초록 꿈의 나래를 나무는 펼친다. 찢기고 패이고 물어뜯겨도 살아남았으니까 이긴 거다. 팔이 없어도 다리가 잘리어도 살아남았으니까 이긴 거다. 연초록 꿈의 나래를 펼치기 위해 살아남았으니까 그것으로 충분히 아름다운 거다. 마치 우리 삶에 던져 주는 교훈인 것 같아, 마음이 숙연해진다.

그 어떤 환란 속에서도, 우리는 연초록 꿈을 키워내야 하지 않겠는가. 우리는 강인한 생존력을 지닌 존재이니까. 절대로 자살이나 포기나 좌절은 하지 말아야 한다. 우리의 생명은 존엄하니까.

황홀

어둠의 긴 터널 지나
처연히 기다렸다
이젠 떠나지 마오,
신비로운 내 사랑아.

이 디카시에서의 시적 화자는 활짝 피어난 민들레꽃을 찾
아온 꿀벌에게 부탁하고 있다.

김승환 시인의 디카시집 출간을 축하하며

실제로 민들레는 긴 겨울이라는 어둠의 터널을 지나왔다. 민들레는 새봄에 활짝 피어나 사랑하는 님을 기다린다. 드디어 찾아온 님, 꿀벌에게 하고픈 말을 한다. 이젠 제발 떠나지 말아달라고. 왜냐하면, 찾아온 님은 꽃에게 신비로운 사랑이니까. 그만큼 소중하고 아름다운 사랑이니까. 그런 사랑을 어찌 놓치고 싶겠는가. 영원토록 그 사랑을 곁에 두고 황홀하게 살고 싶을 것이다.

어떤 인연은 스쳐 지나가는 순간의 만남이지만, 또 어떤 인연은 간절함 끝의 운명적인 만남이다. 사랑하는 님을 멀리 보내고 추운 계절을 살았다는 연인에게 봄은 잎잎마다 푸른 그리움일 것이다. 시간의 국경을 뛰어넘는 절실함일 것이다.

시적 화자는 '처연히 기다렸다'며 자신의 심정을 토로한다. '처연히'라는 세 글자 앞에서 님을 기다리는 쓸쓸함과 애달픔이 느껴진다. 그동안 과장 없이 허물어져 우는 밤들이 얼마나 많았을까. 가만히 그 울음을 곁에서 들었을 잎잎의 가슴이 먹먹했을 것이다. 그 님을 만났으니 얼마나 좋을까. 행복을 넘어서서 황홀하단다.

'황홀'이라는 시제가 이처럼 아름답고 눈부시다니. 님과의 그 인연이 부러울 뿐이다.

묵언 수행

뿌리 깊은 인연의 천년 사랑
고난의 반석 위에 가부좌 틀고서
영원한 화엄 세상 꿈꾼다.

　이 디카시에서의 시적 화자는 뿌리가 드러난 채 위태롭게
서 있는 고목을 경외의 시선으로 바라보고 있다.
　금방이라도 무너질 듯한데 마음을 비워서일까, 고목은 묵
언 수행에 들어간다. 고목의 묵언 수행은 뿌리 깊은 인연의
천년 사랑, 그 자체다. 귀를 닫고 눈을 닫고 입을 닫는 그 수
행을 하며, 고목은 쓸쓸히 저무는 생의 뒤안길을 담담히 받
아들였을 것이다.
　어느 계절, 팔이 부러진 아픔으로 환상통은 오늘도 밀려
오고 그 고난의 반석 위에 가부좌 틀고 있는 고목. 그 모습이
웅장하고 가련하고 치열하고 눈물겹기까지 한다. 어떤 각도
로 바라보더라도, 마냥 신비롭기만 하다. 영원한 화엄 세상
을 꿈꾸는 고목 앞에서 숙연해진다.

김승환 시인의 디카시집 출간을 축하하며

좁은 생각과 안목을 가진 인간들이 배워야 할, 높은 경지
의 깨달음이 여기에 담겨 있다.

형제애
누가 누가 키가 더 크지
제자리 지키며 자라는 배려
사계절 평화가 푸릇 푸릇.

월간지 [문학공간] 디카시 문학상 대상 수상작인 이 디카
시에서의 시적 화자는 소나무의 꽃들을 내려다보고 있다.
마치 키재기를 하듯 소나무 꽃들이 옹기종기 서 있다. 송
홧가루 가득 머금고서. 그 모습이 마치 초등학교 운동장에
모여 있는 아이들 같다. 누가 누가 더 크나, 자랑하고 있는

것 같다. 제자리 지키며 서로 자라도록 배려하는 모습이 기특하다. 시샘과 질투에 눈이 멀어 상대방의 푸르름에 생채기를 낼 법도 한데 그리하지 않는다. 오히려 배려라는 발랄한 몸짓으로 상대방을 응원해 준다. 그 배려와 응원과 같은 사계절 평화가 있기에 눈발 얼어붙는 계절도 함께 이겨냈을 것이다.

배려하는 마음이 곧 세계 평화를 가져온다는 메시지가 담겨 있어 다분히 철학적이다. 지구상의 모든 전쟁에는 그 배려 정신이 부족한 탓임을 날카롭게 지적하는 디카시, 가슴이 서늘해진다.

좋은 디카시란 어떤 요건을 갖춰야 할까.

첫째, 사진이 깔끔하고 선명해야 한다. 되도록 사진은 흔한 소재보다는 특이한 소재가 더 좋다. 너무 평이한 소재보다는 발견의 기쁨을 느낄 만한 소재를 택하는 게 좋다. 사진의 초점이 잘 맞아야 한다. 초점이 흐릴 때는 뭔가 답답한 느낌을 준다. 표현하고자 하는 소재의 초점이 잘 맞아, 보는 독자에게 감탄을 자아내게 해야 한다. 사진의 전체 흐름이 단아할수록 좋다. 정갈한 백자를 만난 듯한 느낌이면 더 좋다. 더불어 사진의 흐름이 대각선일 때 더 멋스럽다. 좌우에 대각선이 두 개가 배치되면 더 좋다. 사진 속 소재의 앞면이 조금 더 많이 배치되도록 해야 한다. 예를 들어 백조가 떠 있을 경우, 부리 쪽이 꽁무니 쪽보다는 여백이 더 있도록

김승환 시인의 디카시집 출간을 축하하며

찍는 게 좋다.

둘째, 시 배치를 할 때, 되도록 이미지 구현을 해놓아야 한다. 설명이나 나열이나 서술 위주로 마무리를 지어서는 안된다. 선명한 이미지가 자리하고, 또 되도록 입체적 이미지, 공감각을 배치해야 한다. 그 이미지의 그릇 안에 인생이 담겨 있고, 세계관이 담겨 있게 하면 더 좋다. 무엇보다도, 시를 읽고 감동의 전율이 흐를 수 있다면 금상첨화이다. 디카시를 읽자마자, 눈시울을 핑그르르 적실 수만 있다면, 더 바랄 게 없을 것이다.

셋째, 제목 붙일 때 주의해야 한다. 제목은 시와 사진을 아우르는 제목이 되도록 해야 한다. 사진 따로, 시 따로, 제목 따로 놀지 않도록 세심한 주의가 필요하다. 사진과 시를 품 안에 넣을 수 있는 제목을 찾아 붙여 놓으면, 독자들은 아주 쉽게 디카시의 품안에 안기게 될 것이다. 제목과 시와 사진의 어울림, 이게 바로 디카시만의 특질이고 자랑거리이다. 어쩌면, 디카시는 현대시대, 현대인들에게 가장 필요한 읽을거리, 가장 친근한 문학 장르, 영원히 가슴에 감동을 안겨 줄 예술품이 되어, 오래도록 우리 곁에 있을지도 모른다.

이러한 디카시의 특질을 고루 구비한 작품들을 창작한 김승환 시인의 열정이 놀랍기만 하다. 이미 시집과 수필집을 펴낸 작가로서, 이렇게 감동적인 디카시집을 펴내게 되다니, 행복해 보이고, 또 부럽다. 앞으로도 여생 동안 주옥 같은 디카시들을 창작하여, 제2, 제3의 디카시집을 독자들에게 향긋이 선물해 주기를 바란다.

　문학을 사랑하고, 창작하며 살아가는 삶이 이 세상 그 어떠한 삶보다 멋스러워 보이는 지금, 이 땅의 모든 이들이 김승환 시인의 뒤를 이었으면 얼마나 좋을까. 문운을 빈다.

-아름다운 연둣빛과 초록빛이 어우러져 넘실거리는 늦봄에

한실문예창작 지도 교수 박덕은
(문학박사, 문학평론가, 시인, 소설가, 수필가, 동화작가, 사진작가, 화가)

김승환 시인의 디카시집 출간을 축하하며

축하의 글

깊은 사유 속에 사색의 향기를 품고

들녘의 보리가 풍요롭게 영글어 가는 즈음
그동안 삶의 현장에서 찍은 사진과 인문학적 시어들로 이
루어 낸 디카시집을 출간하게 되어 많은 축하를 드린다.

김 시인은 독실한 그리스도 신앙인으로 올곧은 성품과 지
칠 줄 모르는 열정, 그리고 부단히 노력하는 성실함에 깊은
찬사를 보낸다.
30여 년의 직장생활을 마치고 고향에 귀향하여 선비정신
의 근본을 잃지 않고 고향에 홀로 계신 노모를 봉양하며 영
농에 종사하였다.
농작물과 자별한 대화를 나누며 문학에 정진하여 수필집
과 시집 출판에 이어 3번째 문집 〈디카시집〉을 상재하는
큰 보람과 기쁨을 누리게 됨을 다시 한번 축하를 드린다.

이번 디카시집은 삶의 경륜과 깊은 사유 속에 인문학을 산책하는 유익한 사색의 향기를 품고 있다.

더욱이 복잡다단한 현대사회에서 독자들의 새로운 시문학에 대한 점증하는 욕구를 충족시킬 뿐만 아니라 문학의 저변을 확산하는 계기가 되리라 믿어 의심치 않는다.

앞으로 한국문단의 건전한 발전에 디딤돌이 되고
명예로운 문운이 함께하기를 빈다.

-신록의 향기 여울지는 즈음에
(사)한국문인협회 이사장 이광복 올림

작가의 말

　신록의 푸르름이 수겹의 봄날을 입고 짙어 가는 5월이다. 들녘의 보리가 게으른 해찰도 하지 않고 누렇게 익어가며 수확을 기다리고 있다.

　논에는 모내기가 한창이고 농업인 이마에는 구슬땀이 흐르고 있다. 봄날은 온통 황금빛 풍년의 꿈이 목울대까지 차올라 사방 천지 환하다.

　어린 시절에는 전남 나주의 병풍산 자락에서 꿈을 키우며 살았다. 공부를 이어가기 위해 고향을 떠나면서, 짧지 않은 40여 년을 학업과 직장 생활을 하기 위해 타향살이를 했다.

　어머니가 평생을 지키셨던 그 고향으로 귀향한 지 벌써 15년이 흘렀다.

　은퇴 후 글쓰기를 배우기 시작했다. 수필가로 등단하고 수필집 〈수석과의 대화〉를 출간했다. 이후 시로 등단하여 시집 〈추억의 목사골 시장〉을 부족하지만 감히 세상에 내놓았다.

　이번 5월부터는 다행히 3여 년의 긴 코로나 팬데믹 상황을 벗어나기 시작했다. 가슴에 기지개를 켜며 다시 활기찬

삶을 기대해 본다.

　복잡다단한 현대사회 속에서 대중들에게 사진과 시의 어울림이라는 디카시가 주목받기 시작했다.

　그동안 삶의 주변에서 자별한 대화와 삶의 편린인 사진을 바탕으로 조심스럽게 다카시집을 출간하게 되었다. 노력의 결실이 빛을 보게 되어 기쁘고 감사한 마음이다.

　이 디카시집이 나오기까지 열정적으로 지도를 해주신 한실문예창작 지도 교수 박덕은 문학박사님께 진심으로 깊은 감사를 드린다. 곁에서 따뜻한 성원과 격려를 아끼지 않은 방그레 문학회 문우님을 비롯한 한실문예창작 동인들에게 충심으로 감사의 마음 전하며 기쁨을 나누고 싶다.

　끝으로 묵묵히 큰 힘으로 후원해 준 가족과 지인들에게 고마움을 바친다.

-싱그러운 봄날 아침에 김승환

祝詩

시인 김승환

박덕은

배꽃 향기 넘실대는 마을에
잘생긴 소나무 한 그루
심어졌다

잔잔한 솔바람과
윤슬의 속삭임이
가슴을 순하게 키워내고

비바람과 눈보라가
내면의 들녘을
푸르디푸르게 가꾸더니

일터의 기둥으로 세워
전국을 누비며
리더로 성장시켰다

일선에서 물러난 뒤에는

문학의 향기에 젖어
시심의 텃밭을 일구며

선비 같은 창작 생활과
순박한 농부의 하루를
조화롭게 펼쳐 나갔다

간혹 산모롱이에 서성이는
물안개의 안부들을 모아
정갈한 시의 그릇에 담았다

하루 하루 새롭게 빚으며
여생의 언덕을 색칠한 나날들
향긋이 불타오르고 있다.

祝詩 - 박덕은

차 례

제3장 엄마의 기도

제4장 버팀목

제1장
눈부신 사랑

마음의 질문

과거에서 현재까지 어떻게 왔지?

또 미래는 어떻게 가지?

참 흥미롭고 궁금해.

홀로 서기 연습

어린애는 종종걸음
또래 친구 찾아간다
엄마가 뒤따를 거라 믿고서.

희망

비바람 눈보라 견딘
두터운 갑옷
기어이 뚫고 일어선
세상의 빛.

우정

마르지 않는 눈물 술잔에 담아
켜켜이 쌓인 외로움으로
깊어 가는 우정꽃 피운다.

시샘

누가 더 이쁘나

서로 뽐내며 질투하지만

세월 가면 모두 홀연히 떠날 수밖에.

질곡의 길

고난 짊어진 인생
끝끝내 포기하지 않고
사계절 푸른 꿈 펼친다.

소원 수리

피눈물 나는 하소연
큰 귀로 들어
원망 해소해 주는
정의의 방망이.

얼

삼강오륜 가르침 닦고 닦으며
하늘 향한 오 형제 으뜸 덕목
파수꾼 되어 푸르게 서 있다.

푸른 고독

초저녁 호수
비바람에 떨어진 숨겨진 미소
거울 속에 비추인다.

눈부신 사랑

옹기종기 살아가는 삶

거기

고요한 밤에도 웃음꽃 핀다.

응원

어스름 짙어진 산책길
노란 미소가 살포시 반기며
외롭게 걷는 길 동행해 준다.

쉼

지치고 지쳐 힘든 세상 사막
잠시 하늘 보고 눈감고 성찰하며
마음의 평안 얻는다.

슬픈 사랑

돌담 넘은 연정
달빛에 젖을 적마다
밤새 잠 못 이루는 그리움
아침 지붕에 붉게 앉았다.

열정

부지런한 발자국 소리에
붉게 핀 길섶
거기 성숙해진 소망
땀 흘리는 농부 위로해 준다.

소박

인자한 어머니 미소
뜨거운 땀방울 짙게 배인 정성
멀리 사는 자식 사랑 방울방울.

여유

모진 세파에 지친 몸
강물에 씻은 뒤
가슴 아린 고독
바람에 띄워 보낸다.

격려의 향기

눈보라 맞으며 품은 향기
서로 위로하고 감싸며
따스한 햇볕으로
가족 사랑 키워 간다.

부활·1

침묵 속
피울음으로 견딘 모정
환한 보름달로 떠오른다.

부활·2

흩날리는 상흔 조각들
우수수 꽃비로 내리는 날
가슴 여미며 치유의 나래 편다.

기다림·1

거친 파도 헤치며 돌아올

만선의 꿈

오늘도

침묵의 눈길로 바라보고 있다.

기다림 · 2

빨갛게 달아올라
애틋이 그리는 소망
새아침 밝으면 찾아오려나.

그리움

너울너울 초록 파도
눈부신 하얀 향기
님을 향해 너울너울.

제2장

꿈배

풍년가

허기진 배 달래며
피고 지고 세 번
주름진 행복 가득 채운다.

옛정

질박한 미소 대대로 이어지고
구수한 손맛
봄향기의 가슴속에 피어난다.

농심

반짝이며 춤추는 은빛 파도
제발 내리지 말아다오 찬서리
꿈꾸는 환한 미소로 기도한다.

꿈배

향긋한 하얀 돛단배 타고
너울너울 춤추는 초록 바다
연둣빛 그리움 찾아 떠난다.

소망

영원히 보고픈 꽃미소
시들고 병들어 사라진 지금
그리움의 봄은 다시 오겠지.

형제애

누가 누가 키가 더 크지
제자리 지키며 자라는 배려
사계절 평화가 푸릇푸릇.

등대처럼

아카시꽃향 코끝 스치는 오후
상앗빛 꽃등 밝힌 채
먼 길 떠난 낭자머리 기다린다.

여정

한 발 한 발 조심스레 디디며
안개 속 고단한 세월
고독의 강 건넌다.

겸손

에메랄드빛 하늘 아래
익어 갈수록 고개 숙인 채
합장하며 감사 인사 건넨다.

맞이 인사

존경하는 스승 맞이하는 겸손

예의 중시하는 솔선수범

예나 지금이나 변함없어라.

소풍

살랑살랑 부는 실바람 타고
종종걸음마 앙증스레 귀엽고
봄볕 주울수록 엄마 사랑 더 붉어진다.

기도

스스로 희생 감내하는 촛불 되어
전쟁 없는 평화 세상 갈망하며
쉬임 없는 나눔 실천하게 하소서.

혈연의 정

수백 년 모진 풍상 굳건히 견디며
키운 뿌리 사랑 옹골지게 성장하니
이보다 더 큰 복이 또 어디 있을꼬.

첫 수확

가마솥 더위 흘린 땀
발자국 소리로 키운 열매
옹골지게 붉은 사랑 탱글탱글.

어깨동무

끊을 수 없는 저 깊은 연정
평생 잊지 못한 그리움
이렇게 우리 서로 기대며 살자.

소근소근

자기야 자기야
행복해 하늘만큼
사랑해 영원히.

격려

남몰래 가슴에 품은 멍에
세차게 바람이 불어오면
더 강하게 살라는 저 외침 소리.

미소처럼

연초록 꿈 열린 나뭇가지 사이
순박한 박꽃처럼 웃는 얼굴
지그시 눈 감으며 안긴다.

사월의 신부에게

꽃송이마다 매혹적인 향기
부푼 가슴 안고 있는 꿈이여
부디 빛나는 별 수만큼이나 행복하길!

한 줄기 빛

세월 갈수록 꺼지지 않는 모닥불
화사한 꽃 피고 노란빛 주렁주렁
고즈넉이 들리는 저 천사 합창 소리.

그림자

회색빛 구름 머무는 오후
서글픈 침묵의 함성
좀처럼 멈추지 않는다.

도전

망망대해 떠가는
저 외로움
오로지 믿음 하나로
희망찬 꿈 찾아간다.

제3장
엄마의 기도

어느 정경

뭉게구름 두둥실
피서막 펼치고
전령사 웅장한 위용
지난 역사 대변한다.

아침 인사

찾아온 햇살 선잠 깨우면
밤새 피어난 그리움
허전한 가슴 소롯이 채운다.

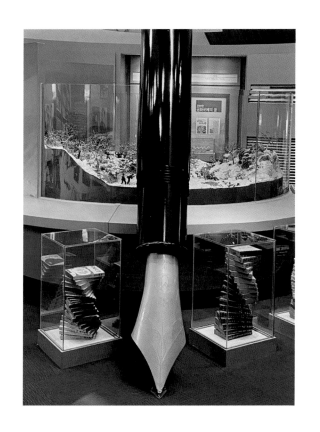

옥고

밤새 눈 비비며 쓴 원고지
긴 세월 못 이겨 빛바랬나
깊은 영혼의 문장에
향긋한 달빛 걸터앉아 있다.

희망의 불꽃

어둠의 적막 물리치고
천지 울리는
일출의 환호 소리.

광명

빛 찾아 긴 어둠 뚫고 나와
머리 숙여 감사 인사한다
님의 풀피리 소리 듣고파.

순정

풋풋함 남실대는 봄날
사뿐사뿐 갑사댕기 날리는 사랑
향긋이 파도치는 부푼 가슴속.

의지

벼락 맞아 깊이 패인 상흔
이대로 좌절해서는 안 돼
강인한 생존력 버팀목 삼아
연초록 꿈의 나래 펼쳐야 해.

황홀

어둠의 긴 터널 지나
처연히 기다렸다
이젠 떠나지 마오,
신비로운 내 사랑아.

배려

하늘 향해
서로 기대며 살아가는 운명
별이 스스로 반짝일 수 없듯이.

뿌리 사랑

뿌리 찾는 숭조애족 정신
이천여 년 이어 온 전통
불변의 인륜 도리 지키며
푸르른 대동사회 꿈꾼다.

소원성취 발원
5,000원

극락 가는 길

세상사 온갖 고난
온몸으로 감싸 안은
영혼의 울림
메아리 되어 미소 짓는다.

꿈길

초저녁 꽃향기 따라나섰더니
하늘과 호수가 하나된 세상
거기 떠 있는 건
초승달인지 그리움인지.

묵언 수행

뿌리 깊은 인연의 천년 사랑
고난의 반석 위에 가부좌 틀고서
영원한 화엄 세상 꿈꾼다.

포옹

켜켜이 쌓인 인고의 시간 속
따스한 기도로 익은 보랏빛 밀어
고운 향기로 품는다.

바램

오랜 풍상 겪은 어머니의 산
늘 푸른 소나무의 기상에
지워지지 않는 문장 되어 서 있다.

엄마의 기도

강물과 바닷물이 만나는
그곳 엄마의 바다에서
간절한 풍년 소망 건진다.

순교 정신

혹독한 핍박 속 백지사 지킨 신앙
차가운 세상에 따스한 빛 되어
어두운 가슴속 보름달로 비춘다.

영원한 약속

애태우던 연분홍 그리움 속
쿵 쿵 뛰는 붉은 심장 소리
하늘 끝까지 들리는 우리 사랑.

초록 우산

힘차게 밀어 올린 희망
깊은 뿌리에서 높은 우듬지까지
옹기종기 다정한 대화.

들리는가

칠흑 같은 밤 홀연히 떠난 님들이여
소복 입은 여인들의 애절한 기도
눈부신 하늘 저 설렘 가득한 사랑.

봄날

곰살스레 속삭이는
진홍빛 인연
눈길 따라 발길 머물더니
짙어 가는 사랑 알콩달콩.

나눔길

소담스런 담소로 우정꽃 걸치고
애정 어린 밀어로 사랑꽃 피운다.

제4장

버팀목

춘정

싱그런 초록 향기로
서서히 뜨거워진 가슴
보랏빛 샹젤리제 환하다.

정

꽃샘추위 견디며 피운 향기
따스한 햇살로 키워
탱글탱글 채우는 초록 사랑.

잠깐

생기 넘치는 향기
고운 정 불그레 적시며
해맑게 피어나는 저 함박 미소.

오월

창공으로 흐르다
땅 위로 내리는 자비심
함께 피우는 기쁨꽃.

봄길

예술 찾아 나선 길
사뿐사뿐 걷는 발걸음마다
가득 차는 보랏빛 그리움.

버팀목

야멸찬 세상 밀려오는 거친 파도
서로 기대어 두 팔 벌려 막아 주고
고달픈 여정 손잡고 함께 간다.

낙원

봄향 찾아온 피안의 세계
갈망했던 평화 노닐고
연분홍 행복 노래 부른다.

봉사

숱한 세월 쉬지 않고 몸 바친 사랑
허기진 꿈 채우며 두 손 모아 기도
여기 고독한 멍에 한 짐 서 있다.

하얀 고독

얼어붙은 그리움 하나씩 안고서
삼키지 못하는 저 울음소리.

봄소식

정성껏 보내온 노란 미소 한 다발
구석구석 싱그러움 가득
감사의 마음 훈풍으로 전한다.

기념 촬영

피로가 흐르는 대합실 벽
빨간 꽃 하트 배경으로
잠시나마 그대 웃음꽃 피길.

그때 그 시절

허기진 배 움켜쥔 까까머리
후미진 산모퉁이 둘러앉아
호호 풋보리 구워 먹던 우정
그 추억이 새록새록.

고독

하얀 라일락 향기 짙은 오후
연둣빛 느티나무 밑 고개 숙인 슬픔
아스라이 잊혀진 추억 꾸러미 속
어렵사리 한 조각 그리움 더듬고 있다.

버스킹

봄 찾는 모두가 관중
스멀스멀 젖어 오는 사월의 노래
군데군데 자연스레 둘러앉아
사라지지 않는 즐거움 품는다.

작은 폭포

때 이른 더위 슬슬 졸리는 도심
시원한 물줄기 소리로 선잠 깨어주고
오가며 지친 발걸음 가볍게 해준다.

학자수

영원 불멸의 으뜸 덕목
선비정신 줄기차게 다짐하며
천년 세월 이어 온 올곧은 기상
드뎌 연둣빛으로 피어 오르다.

인생길

밀고 당기며 걸어가는 길
다정히 속삭이는 강물 위
다리 건너 저 노란 꿈.

기억

날 저물어 갈수록
아스라이 잊혀져 가는 이름들
누가 내 곁을 끝까지 지킬까.

순백의 신호탄

적막 속에 키워 온 그리움
파란 꿈 물든 하늘 향해
뜨거운 열정 보내고 있다.

보라

떨어질 수 없는 인연을,
밤낮없이 지극한 사랑을,
저 경이로운 천사의 눈빛을.

에덴동산

휘날리는 연분홍 실루엣
달콤한 밀어 터질 듯 말 듯
어느덧 기쁨꽃 피우고 있다.

농지기 사랑

보랏빛 향기 피고 지는 세월
시집가는 누님
풍류 가락 울리며 덩실덩실.

한실 문예창작 문우들의 작품집

오늘의 詩選集 Series

한실 문예창작 동인지

한실 문예창작 동인지 제1집
『한꿈』

한실 문예창작 동인지 제2집
『한꿈』

한실 문예창작 동인지 제3집
『당신의 쓸쓸함은 안녕하십니까』

한실 문예창작 동인지 제4집
『목련은 흔들리고 있다』

한실 문예창작 동인지 제5집
『그래도 한쪽 가슴은 행복합니다』

한실 문예창작 동인지 제6집
『좋은 걸 어떡해』

한실 문예창작 동인지 제7집
『아직도 사랑인가 봐』

한실 문예창작 동인지 제8집
『꽃만 봐도 서러운 그날』

한실 문예창작 동인지 제9집
『보고픔이 자라고 자라서』

한실 문예창작 동인지 제10집
『처음 사랑』

한실 문예창작 동인지 제11집
『마냥 좋아서』

한실 문예창작 동인지 제12집
『그대는 나의 누구인가』

한실 문예창작 동인지 제13집
『여백의 미학』

한실 문예창작 동인지 제14집
『사랑하기까지』

한실 문예창작 동인지 제15집
『시의 집을 짓다』

한실 문예창작 동인지 제16집
『그리움의 향기』

오늘의 수필집 Series

오늘의 수필집 제1권
그곳 봄은 맛있었다
최세환 지음 / 288면

오늘의 수필집 제2권
바람 따라 구름 따라 별빛 따라
유양업 지음 / 288면

오늘의 수필집 제3권
행복한 여정
유양업 지음 / 304면

오늘의 수필집 제4권
창문을 읽다
박덕은 지음 / 164면

오늘의 수필집 제5권
꿈을 꾼다
유양업 지음 / 256면

오늘의 디카시선집 Series

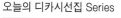

오늘의 디카시선집 제1권
그리움 흔들리는 날
이선주 지음 / 148면

오늘의 디카시선집 제2권
눈부신 사랑
김승환 지음 / 140면